U0054831

巴山夜雨・每一滴都落在詩中

—和權詩集—

序

李怡樂

近幾年來，菲華著名詩人和權，在臉書上發表了大量的優秀作品，不僅多次獲得「這一代的文學」的「優質作品推薦」，「中國情詩精選」、「短詩原創聯盟」、「甘寧界」等也都製作了精美的和權專輯（專頁），並配上字正腔圓，充滿感情的朗誦，俾詩情感人，詩意更鮮明，深受讀者們的喜愛。

從這些琳琅滿目的詩作中，和權篩選了六百多首，又結集成一對孿生詩集：《巴山夜雨‧讓回憶有了聲音》和《巴山夜雨‧每一滴都落在詩中》。

和權酷愛詩藝，感情豐富，構思敏捷。眼前的事物，信手拈來即可入詩。我們總覺得，他的「詩是濕的」。「上蒼／忍不住哀傷的淚　每一滴／都落在我的詩中」（摘自〈小雨〉）。誠然，他的詩以憐憫感人，以真情動人，詩中常有促人尋思的內涵。

和權有首短詩「英雄」，文字淺白卻寓意深遠。值得讀者靜靜沉思，慢慢品味。其原詩如下：

〈英雄〉

戰後
雙方都矗立起
英雄的
紀念碑

英雄與英雄之間

是無淚的慰安婦
是一張張
孤苦無依之孩童的
臉

眾所周知，戰爭是非常殘酷的。為戰死沙場的「英雄」們建紀念碑，其目的之一，是要人們永久記住，戰爭所帶來的痛苦。詩人在此留給讀者一個深刻的現實問題，在雙方「英雄與英雄之間」，那些欲哭無淚「慰安婦」的「痛」；那些無依無靠「孩童」的「苦」，誰來「買單」呢？再舉一例：

〈沙雕人生〉

明知
翻滾的波浪
遲早湧上來沖掉
沙雕。仍要
逸興遄飛
認真地
雕出一座宏偉壯觀
的
沙雕

此詩描述的景象，並無特別之處。詩人卻有其深一層的聯想，在海邊遊玩的人習而不察，但詩人透過表面現象，他們「認真地／雕出一座宏偉壯觀／的／城堡」——借喻人生中孜孜不倦追求的「宏偉」目標。可是歲月似「大江東去」，當前的「壯觀」都是過眼雲煙。由此，可理解為沙築「城堡」，終究是一場人生悲劇。

詩是多義的。換言之，「明知」，波浪「遲早湧上來沖掉／沙雕」，你也可以認為，明知遲早被沖掉，「仍要」認真地築「城堡」，是人生中百折不撓的精神象徵。因人生的遭遇不同，讀者的感悟程度不一樣，則解讀各異。

寫詩宜「曲」不宜「直」，「曲」讓讀者有尋味的樂趣，增強對詩意的感受。好詩，必有精妙的底蘊。

〈窮與富〉

滿桌的山珍
海味。富人
苦著一張臉

破桌上
只有一粥一
飯。窮人笑如
春花

此詩兩段，呈現兩種迥然不同的情形。

富人，愁眉苦臉；窮人，春風滿面。和權的詩中有畫，畫面上對比非常強烈，可引發讀者對人生觀的思考。試解讀之，「富人」多富貴病，看著滿桌的山珍海味，全是禁忌的食物，欲少點病痛多活幾年，只得「苦著一張臉」望桌興嘆（當然，還有其他解讀法）。相對而言，「窮人」只需求得簡單的溫飽，輒感到滿足感到很幸福。

顯然，此詩非簡單的正反式兩段對比，它有著多層次的涵義，既展現詩人的創作技巧，也表現作者駕禦文字的功力。

武俠詩，是本詩集一個亮點。作者以詩的形式，用諷喻的手法詮釋「武俠」：「最高境界」，是要「精通拍馬術」，要「懂得抱……大腿」。讀罷令人會心一笑。「全憑利益行事」的「判官筆」，讓讀者進一步認清當今的社會現實……細讀和權這些武俠詩，你會發現每一篇都意在言外，尖銳地揭露現實中的陰暗面和人性的邪惡。

和權是富有正義感，很有個性的詩人。他嫉惡如仇，他的詩是「與現實惡鬥時　刀劍碰撞出　美麗的火花」（摘自〈嘯傲江湖〉）。他同情弱勢群體。請讀：

〈饑腸〉

許多人
半夜被轆轆聲
吵醒

他們出手了
向大國
增購軍火
劍指

饑腸

「許多人」饑腸轆轆，而「他們」卻在「增購軍火」，想以此消滅「饑腸」嗎？作者筆鋒一轉，含蓄的「曲」了一下，更具諷刺性。而且給讀者打開了想像與思考的空間。

本詩集最後一輯，是寫給「生我養我的千島之國」（千島之國即是菲律賓）。

飽蘸感恩之筆，詩人贊頌菲律賓人民，是「堅強的民族」，是在貧困的暴風雨中「展翼飛翔的雄鷹」。同時詩人也清楚看到，國內嚴重的「失業與貪困」，「賭場卻跟春筍一樣」湧現出來的事實。詩人說，「我為千島之國哭泣」，因為這「生我養我的鄉土啊」「永遠是我心中／最最敬愛的慈母」（摘自〈畫展〉）。這真情畢露的詩句，打動了國際網友，〈哭泣〉、〈茉莉花〉兩首詩，先後被譯成他國（據說是阿根廷）文字，以激勵其民族自尊心和愛國意識。

這一輯的二十多首詩，是詩人「憂思天下」不可或缺的組成部分。詩人的好善嫉惡，都源自一個字：愛。讀者請賞析〈茉莉花〉：

一個誓約　一朵馨香的
茉莉花。有多少愛的誓約
就有多少美麗的茉莉花
就有多少至死不渝的
愛情故事

茉莉花
何止象徵著忠於愛情
和友誼。敢問：除此
之外　你也忠於自己的
祖國嗎？

你愛苦難中的家國嗎？

茉莉花是菲律賓國花。在此，詩人把茉莉花喻為至死不渝的「愛的誓約」。結句時發問：「你愛苦難中的家國嗎」？語氣極為沉重，震撼人心。

數十年遨遊於詩的領域，詩人和權靠七十分的努力，把與生俱來的天賦，發揮得淋灕盡致，出版了近廿本詩集，是菲華詩壇屈指可數的傑出詩人、菲華文藝界的榮耀、千島之國的奇葩。

一本書很輕，可是詩裡的每一行每一字，都是作者的血和淚在歲月中磨煉出來的。

書很輕
字　很重
因為
馱著歲月

（摘自〈詩集出版了〉）

讀者們掂量吧，詩集出版了。

溶化的重量
——和權《巴山夜雨》序

張遠謀

「惟淺薄之人才不以外表來判斷。世界之隱祕是可見之物，而非不可見之物。」

——奧斯卡・王爾德

廿世紀傑出的小說家兼文評家納博科夫（Vladimir Nabokov）曾說過：「在一個到處是雄偉的歌利亞時代，讀一讀有關柔弱的大衛之書是非常有用的。」和權並不柔弱，但他卻不稀罕去作一名雄偉的**大詩人**，可以從他每天信手拈來的小詩就不難發覺，他的詩有如**流水潺潺**，自然毫不做作，完全不必「吟安一個字，撚斷數莖須」。如果說小說家愛說故事，那麼詩人就是愛說話，和權不是那麼多話，卻很愛用詩來說話，絕非**狼毫無言**。

和權每日皆有詩，一口氣推出兩本上下冊詩集各收錄300餘首，可見筆耕之勤。這樣的詩人必定會希望下一場雨，而且是千年不斷的**巴山夜雨**，就在大地吞服**落日藥丸**之後，象徵著愁緒的**上天的淚**，在和權的詩中月亮是那顆最大的淚，詩人會用**耳朵**徹夜傾聽，隨便「**一伸手／就摘下一首情／詩**」。

《巴山夜雨》大多是和權獨特的「自發性寫作」，雖然他否認和垮世代（Beat generation）的傑克・凱魯亞克（Jack Kerouac）有任何關聯，但是你從和權暢行無阻的詩句中，敘述者視角和口吻的恣意模式令人相信他可以一口氣就寫完一整捆捲軸描圖紙的百首佳作。詩人無不戀字，和權愛理更勝於戀字，所以寓意含情強過雕琢藻飾，保有楚辭和詩經以來中國現實主義與浪漫主義的傳統。

如果拿波赫士（Jorge Luis Borges）說的「字面相同，而境界更無限豐富」來形容和權，你會發現和權的影響焦慮來自唐詩宋詞，不在現當代文學，這次詩集題名就是一次強而有力的聲明：《巴山夜雨》，取材自李商隱滯留巴蜀寄給長安妻子的《夜雨寄北》，但是被和權借用之後，典故不重要了，演繹成南方的岷灣對母國巴蜀的思念。

《巴山夜雨》下冊收錄的第一輯至第四輯，從詩集編排看出依據結構來作分類：第一輯〈**歲月橡皮擦**〉和第三輯〈**歲月的化石**〉顧名思義就是處理時間帶得走與帶不走的題材；第二輯〈**輕舟已過萬重山**〉待讀完121首詩，當會察覺那「輕舟」就是詩人自己。如果說「回憶、家國、信仰」是《巴山夜雨》這兩部詩集三個重點，那麼上冊就像是溪水流潺，下冊則為大河入海。

第四輯〈**橫躺成琴**〉的詩意象不言可喻，是和權在《巴山夜雨》二部曲的收官之作，與十九世紀美國詩人艾蜜莉．狄瑾森（Emily Dickinson）兩首對死亡和垂死最有汁有味的名詩〈當我死時，我聽見一隻蚊子嗡嗡叫〉、〈狂喜乃是離去〉有異曲同工之妙。所不同的是狄瑾森將死亡浪漫化到一種內在體驗，而和權卻在一些語法怪異的截句、武俠詩中匡正詩人。

對結構主義者而言，現代主義的文本是一種斷裂、反叛的表現，詩歌效果、象徵邏輯與後結構主義者看法不同，前者在乎文學形式而後者在乎讀者接受。克里斯蒂娃（Julia Kristeva）認為小說自誕生便包含反小說的種子，小說是在各種規範相對立的基礎上形成的，詩歌何嘗不是，現代主義尤其更是。

和權的詩語言流暢而多變，風格崇尚古典詩詞卻能展現時代新意。我們在兩部《巴山夜雨》中見證和權如何指喻這場千年以來連續不斷的夜雨，從巴蜀下到了岷灣，溶化了多少長袖詩人的回憶、民族家國的印記與心靈信仰的歸依，當您沐浴過此兩部詩集，相信必能感受到這場大雨的重量。

CONTENTS

輯一　歲月橡皮擦

輯二　輕舟已過萬重山

輯三　歲月的化石

輯四　橫躺成琴

輯一

歲月橡皮擦

異鄉

笑意，全寫在月亮的
臉上。除夕，它聽到了
家鄉的鞭炮聲、鑼鼓聲

胸中的月亮

缺損了
月亮那把彎刀
仍然露出冷森森的
鋒芒
迎戰周邊
的

黑暗

自憐自艾

「清高出塵」
湖邊　一朵花
自憐自艾

微風
笑道：
淡淡的芬芳
引來了蜜蜂
和翩翩飛舞的
彩蝶

冷夜地震

震央
竟是一首所謂的
經典

（好在無事。他們說
是經典，惟，詩無言，
只是輕笑一聲。）

傻了

天天寫詩幹麼？
她問

親愛的。有一天
詩　將溶化成為
時間
讓歲月增加些
重量

傻了！
她說

戛然而止

錚的一聲　瑟琶戛然
而止。心中猶有染血的
江山　奔波的一生　月下
的情愛

瑟琶馬上催。什麼也留不住
除了樂曲的餘音　詩的餘韻
人生的餘韻

弦外之音

錚錚錚！沒有流水般的
柔情　只有長風萬里送
秋雁。你知道了　是時候
消失於落日隱沒之處了

情愛

笑問
時間之刀
怎麼斬斷心中這條
天地線

摘詩

窗子
把夜空框成
四方形

一伸手
就摘下一首情
詩

鋼琴

張開的傘
是鋼琴

讓心中的雨珠
向大地
彈奏出滿懷的
欣喜

紅月亮

夜空
那顆碩大的
淚　令人看到
數千年的戰亂
和饑荒

也看到大城市的高樓
大廈。以及一個個
露宿街頭的流浪漢

紅月亮
我心中碩大的淚啊

一首詩

化為　墓碑
夜裡映照著
圓月。一首詩啊
中天的明月
夜夜亮麗
古今

大地震

之一

即使謊言
比牆壁厚
也不堪一震

惟
這顆貪墨之
心　歷經八級
大地震
依然完好
無損

奈何奈何

之二

僅幾秒　就奪走
美樂蒂美好的人生

遺體吊掛運出時
分明聽見她用沉默
大聲說：
路還沒走完
還沒好好愛他
還沒陪女兒長大
還沒把快樂
帶給
全世界

註：花蓮深夜強震，菲律賓27歲美麗女看護美樂蒂罹難。

拜灶神

多吃點　多吃點
甜甜黏黏的
很好吃

上天庭之後
少講話　能含糊

就含糊過去吧
少說不堪入耳之
事　別提黑心黑肺之
事。要說，就說是一個
大善人吧

千萬拜託！
多吃點　多吃點

可憐兮兮

生病了
怎麼笑得出來？

爸爸說
社會病了
地球也病了
所以天災和人禍
頻頻

娃娃討厭生病
明天，就好起來
讓你看
照樣笑出燦爛的
陽光

歲月橡皮擦

擦掉了昨晚的
夢。擦掉了今生
就可以重新，
開始？

擦呀擦
未知要準備
多少塊歲月的
橡皮擦？

兩岸

戰火，燒出驚人的鴻溝
卻燒不掉親情。愈燒
愈親

天堂靜好

「花開依舊
天堂靜好」
她說

只是
細看
綻放的花朵
都有晶瑩的
珠淚

隨風而去

歡聚的日子猶如春天般
說走就走了　僅留下
遍地枯黃的記憶

月亮的心事

我知道
月亮看過黑水溝邊
的木板屋
也看過附近聳入雲霄的
高樓

我知道
月亮偷偷地哭過

因為新晨的草葉上
留有痕跡

也知道
人間將有更多的
陋屋和大樓

矮樹

雖然有滿山遍野的
花　卻不夠鮮豔
連馨香也是淡淡的
似有
若無

在風中
大聲批評的
是湖畔　一棵
長不出花　結不出果
的
矮樹

窮與富

滿桌的山珍
海味。富人
苦著一張臉

破桌上
只有一粥一
飯。窮人笑如
春花

湖光水色

額頭
皺起一座
遠山。近看
秋水浮萍
那是濡濕的
微笑

星眸中
露出的
不全是憂
思

娃娃的鞋

爸爸說：
難行能行
媽媽說：
只要穿上
快樂的鞋子

娃娃
告訴你們
我穿的，就是
這種通行無阻
漂亮的
鞋

回顧今生

無須悲傷
雨後　掠過天空的
鳥影　連一絲痕跡
也沒有
憂愁什麼？
哀嘆什麼？

春光無限

牆角
一朵無名的
小紅花
色迷迷地說：
時間
比迷汝裙還要
短

又說：
好在
春光無限

讀詩

走著走著
就走進一條幽深的小巷
巷中有巷　幾乎迷了路

寫詩

字　有點歪斜
步履蹣跚　是因為
背負的歲月　太沉重

妳是岸

生活成起伏的波濤
心之孤舟無畏捲天的
巨浪。因為情愛等在
岸上

筆的話

既生為筆　就要用文字
畫出天上人間的暗黑
不然　也要畫出撼動
人心的美、善、真
豈能遺憾千古

詩人墓誌銘

天長地久

風中的墓草　沙沙
是妳在耳邊的呢喃

墓誌銘　之一

躺在此地，夜裡笑看
一輪詩，亮麗古今

墓誌銘　之二

終於看清滿山的人情
霜雪　惟遠方亮著愛

墓誌銘　之三

一定破棺而出。如果你
膽敢再來盜竊經典詩

墓誌銘　之四

天天是情人節　天天送妳
思念的淚花

墓誌銘　之五

我沒夢，走在太陽底下的
人，大都在做夢

墓誌銘　之六

耳根清淨了　可是一顆心
留在十丈紅塵

墓誌銘　之七

獨坐誦詩。跟生前一樣
惟有星月聽見

墓誌銘　之八

這是碼頭。詩之郵輪從此
出發　航行於時間之海

一條歌

她說
這條大江河
每天都在唱歌

唱著一首
很長很好聽的
亢歌

啊啊
唱得更長的是
槍炮聲
從第一次世界大戰
唱到
現在

和風中

不為吸引目光
花在枝頭寫詩　只為
展示醜陋人間之美

凝固的笑聲

詩集是
凝固的笑聲

讀詩的朋友啊
是否聽見
解凍之後響亮的
笑聲？

情人節的詩

憂思天下

——擺放貔貅七晶陣，有感。

招財。幸福
平安。健康
擺放了綠幽靈
七晶陣
似乎
什麼都有了
獨缺

無憂

外太空

對外太空
產生了濃厚的興趣
小孫子說：火星上
沒有嫉妒
沒有仇恨
更沒有流血的
戰爭

哈哈大笑
你說：
人類登陸之後
就有了

女娃娃的笑

媽媽問：
什麼是全世界
最最好聽的聲音？

媽媽答：
嘻嘻
不就是娃娃的笑聲

害人家整天張大嘴巴
笑

心聲

白雪覆蓋的大地
藏著春天

一綠，江山
就亮了
花開的聲音
響個不停

特效藥

棺木
醫療了大頭症

墓碑
治好了癡心
妄想

英雄

往太陽下一站

赫見
心頭的陰影

悵愁

從一首唐詩中
走出來。耳邊響著
雨聲，而擱在門後的
傘，尚在滴水

雨好大，像繡花針
在心頭繡出千年
的
悵愁

錦瑟無端五十絃

絃音淒美。從字裡行間
悠揚起來，引人愁悵引人
憂。爾今，一絃一柱不僅
思華年，也思斷腸人

吾佛慈悲

海陸空全遭殃。進寺廟
點頭香　依稀聽見佛陀的
輕嘆：新年啊新年

除夕・點頭香

步出寺廟。耳邊竟然響起
佛陀的問話：是否聽見一切
世間眾生的哀嚎？

縱橫天下

過了年
是一條崎嶇的
山路。再過去
是橫阻在那裡的
溪流

哈哈大笑
鞋子說：
這算什麼東東？
咱們
還要縱橫
天下哩

旅行

「人生
輸贏得失難免」
她說

什麼輸？什麼贏？
我只看到山後昇起的
淡淡雲煙

夜深了

月光　像母親溫暖的手
輕撫著墓園裡　那麼多
牽掛與思念

歲月悠悠

頭上盡白。雪花紛飛
分不清心中是點點紅梅
抑是詩

鬼船

數千年了。鬼船
時不時於風雨之夜
出現在波濤洶湧的
人海。因為它無法航至
妳的心

彩光閃爍

從閃爍彩光的
晶體中，看到美好善良的
生命。因有醜陋人性之
對比，益見亮麗珍貴

深願
你每天都在哪裡
靜靜地閃亮耀眼的
彩光。啊閃爍著善良
和慈悲

歪歪的

「為什麼喜歡？
我這麼歪歪的」

親愛。稿紙上
每一個字
都是歪歪的
組合在一起
卻變成一首震撼
人心的詩。而妳是
我的詩

神槍手

愈來愈多
文明社會的
神槍手。每次
射擊
無不中的

就是無法
擊中
噩夢

註：情人節當天，美國年僅十九歲的槍手尼古拉斯，把槍口對準老師和學生，造成17人死，14人傷。

自言自語

快樂是什麼　檯燈問
啊不就是個影子
黑暗的時候　迅速離去

夕陽斜照

教堂外
她輕撫街童的
頭。成為美麗的
夕陽風景

你挽著老伴
慢步走入教堂
又是另一美好的
夕陽風景

請用眼睛拍攝
隨時可以
拍到人間至美至善的
風景

山中的古寺

這顆心啊　深山老林中
的寺廟。人跡罕至　沒有
晚鐘　也沒有寺外掃落葉的
小和尚

寺內　佛陀的笑依然慈祥
而到處都是蛛絲。思思思
詩詩詩詩

大地震來襲之前

讀懂了波濤的起伏　洶湧著
驚慌　憐憫與悲傷。卻映著
霞光　仍然律動著生命的
歡欣美麗

註：報載七、八級大地震即將來襲，大岷市及各地將有成千上萬的人喪失性命。

生命的黃昏

海鷗掠過水面　守護著
日落前的一份寧靜與幸福。
明知即將天翻地覆　驚濤
千丈

無畏

走過崎嶇　歷經不平
一雙鞋老了　滿臉皺紋
述說自己勇敢地活過

一片白茫茫

大雪紛飛　覆蓋著大地
人間冰冷　人情也異常冰
冷。放眼世界　不信沒有
壁爐般的心　溫暖生靈

無題

眨著眼睛　對池中的蝌蚪
說：你是什麼東西？
答：我即是你　你即是我

光禿禿的樹

歷經風雨
閃電和雷擊之後
一株光禿禿的
樹
挺立在絕頂上
沒有彎腰或屈膝的
跡象

我向心中這棵
高傲孤寂
守住尊嚴的
樹
致敬

嚴冬

一生　也不過是一場大雪
落在眼簾　逐漸溶化了
化為冰冷的月光。再化為
流動的江河　流向遠方
荒蕪的田園

過小年

大掃除。樓上樓下都打掃
乾淨了　就是不知道如何
掃淨滿腦子的塵念
和清理堆積的汙穢

湊熱鬧

為了
真理
他們在校園
射擊

為了
正義
他們轟炸一座座
民宅

何以
大地震也來
湊熱鬧？

聽雨過新年

蕉風說
大米漲價了

哈哈大笑
椰雨問
疏通費呢？
賄賂金呢？

元宵

照樣點著花燈
那唐人街
用醉眼一瞧
也就成了長安街

哈！
站在你面前的
是李白？
是杜甫？

杯子

歲月的大海　額頭的
波浪　沉沒了多少
歡欣相聚的日子

地震

花蓮
坍塌的樓房
喚醒了全世界的
愛

像一枚飄零的黃葉
喚醒了心中的
珍惜

庇佑人間

她說　新春快樂
啊楓樹們　為何全都紅了
眼睛

輯二

輕舟已過萬重山

禪坐

一坐
就是一個黃昏
一個漫漫的長夜
坐成忘我
不生不滅

清風
颯颯掠過
說
無掛礙

機場過關

過關時
那個機器
竟然「嗶　嗶　嗶」地
響了起來

心中無詩啊
除了
岷海灣般波濤洶湧
的

思念

一朵笑

確是好詩。句子優美
意境高，頗有深意，令人
嘴角掛著笑。

心靈齷齪，也有好詩？
令人嘴角掛著一朵
笑

小喝幾杯

睡前
總愛喝兩杯
而小菜是
記憶中
妳穿越千山萬水
深情相擁
的

哭和笑

勁竹

有點憤慨
翠竹嘶喊道：
不要侮辱
我

做回你們自己吧
蘆葦和牆頭草
豈可冒充
勁竹

遠山含笑

金燦燦
滿樹的柚子
就是貧窮山區
展示的成果

遠山含笑
母親
含笑

題蓮花圖

汙泥是
修行的清淨地

迎風搖曳的
蓮花說。人間
到處都是濁水汙
泥

青苔

心啊，石階上的
青苔。思念多厚，青苔
就多厚，滑倒了幾多歡愉
幾多惆悵？

一江春水

帶回了
嵐山的一片落葉

輕輕
放在詩中

讓它
在時間中
恢復青翠
欲滴的顏色

詩人啊
你卻化為嵐山的
楓紅
照亮一江的寂寞

輕舟已過萬重山

假如妳聽到
小舟靠岸的聲音
那是我從詩行間
順流而下，停靠在
妳的心中

青翠的竹林

竹林，喚醒了閒情
逸致。如果，隱居於此
或會長成另一株難得一見
的勁竹

與竹為伴　詩中可能不染
塵埃　詩情更清逸　詩品
更高

斷腸人在天涯

詩話比路
長。飛身上馬
一眨眼，就到了
滿是枯藤的老樹
之下，放眼望去
只見昏鴉，哪有
什麼斷腸人？

好在天涯
寂靜無聲。只聞落花
和黃葉的氣息

而不聞
銅臭味

她戒了我

之一

戒了戒了
不再
念想

只是
枕邊常有淚痕罷了

之二

「你的枕頭上
也有淚痕嗎？」
她問

哈哈大笑
這枕頭硬如
山　而一匹狼
孤立於嶺上
正對著皎潔的

月亮
嚎嗚

百合與小草

願幸福如百合
於妳的生命中
綻放著
淡淡的馨香

唉　世上
沒有不凋之花

願幸福如草
於妳的生命中
繁衍
不停

一直繁衍到來生

老鷹的身影

如何收回
投影於妳心湖的
身影。如何讓妳忘記
蒼鷹　一掠而過的雄
姿

身影。已然成為湖底
沉重的卵石　不再浮現

沉默

枝頭
一片嫩綠
喚醒了心中的
春季

像孤兒院
無助的
沉默　喚醒了
良知

風雨飄搖

風問：
是什麼
養活了情愛

雨答：
柴米油鹽醬醋茶
和麵包

情愛是百花

春風　在葉子間
讚嘆百花綻放的
美豔。並不介意什麼
心機不心機

招蜂也好
引蝶也好
花朵的盛開啊
只與美麗有關
不涉及
其他

落日笑了：
沒有花朵的心機
哪有奼紫嫣紅的大好
江山

地球是美好的

在焦土上
看到
公理和正義

在墓園裡
看到
和平

愛人・愛人

「親愛　妳不是說
愛人無論走到哪一步
還是愛人？」

先有麵包再說
你
有了嗎？

是啦！
沒有春風的吹拂
哪有綻放美麗的
花朵
哪有雀鳥的
歡唱

玉石

想雕
張牙舞爪的
龍

想雕
招財進寶的
蟾蜍

今日
一心想雕面壁靜思
的
達摩祖師

明亮的眼睛

日月
這一對眼睛
每天都有
看不透的虛偽

虛偽的哭？
虛偽的笑？
虛偽的情？
虛偽的愛？

看不透啊看不透
只有，天下父母心
看得
透徹

雨夜・停電

停電了
一片黑暗
凸顯這盞燈的
光芒

這盞明燈
叫做

愛

寫詩

暈燈下
婦人　細心地
一針一針繡著
鴛鴦圖

每一針
都是心血
都是
情與愛

看到時間

今天　可以
清楚地看到
時間了：

鏽蝕的門窗
老舊的桌椅
發黃的照片
哀傷的眼神
還有夜空滄桑的
月亮

時間
已經無可匿
跡

星巴克特色咖啡

撲鼻的咖啡香
化成一首有味的
詩。詩中有濃郁的
思念　有傷感和惆悵
也有化不開的情愛

愈喝愈香醇的
是詩是咖啡
是咖啡是詩

燭光

挺立於歲月的
燭台，讓生命繼續
燃燒。詩是
忽明忽暗
的

光

遇花

「遇人如遇花
無需多
開在心上即可」

親愛　詩人
真是妳心上不凋之
花嗎？

最後的行李

「如果有天
我一貧如洗
我希望最後的行李
是你」

親愛　妳的行李
能承受
筆和稿紙
還有
詩千首嗎？

寫意的人生

退休後，隱居於
僻靜。讀書
種竹，養魚

每天，　出入古今
縱使老了，　也要挺胸
雖是小小的世界
也要來去自如

暖意

「這世界
除了涼薄外
還有什麼？」
她問

你笑了
遞上詩集
說：
進去取暖吧
世界除了涼薄外
尚有
暖意

撐天的樹

終於
長大長高了
一棵樹
大聲疾呼：
我是撐天的
樹

自問：
人家連你身上
長有幾片葉子
都看清了
你啊你
小小的盆栽呀

夜半鐘聲到客船

哪有什麼鐘聲
夜半到客船。妳回眸
一笑，就是記憶中
那口鐘。已然鏽跡
斑斑

坐在船頭，僅能彈奏
寂寞的心弦，給一江
淒涼的月色聽，給水草
聽

嵐山的楓紅

滿心歡喜。望著望著
這美麗的山山水水，也就
移到詩中了

詩中既有悠悠的歲月
也有滿山的楓紅。讀詩的
人啊，你不愛詩也不行，
僅這比晚霞還美的色彩，
就足以陶醉一生了

嵐山即景

落葉
回頭看著大樹
說：感恩

一陣清風
颯颯掠過
似笑
非笑

輕叩夢之門

之一

叩了好久
都沒人應門

唉！
又吃醋了
竟把你關在
夢之外

之二

醋意未消嗎？
今晚　再不開門
就繞到後花園
翻過高高
的
圍牆

赫然　圓月下
她就坐在荷花池邊
笑著
等人

之三

昨晚
又翻牆
潛入後花園
與她
相會於荷花池畔

不料
這支筆
多嘴
竟然向全世界
洩露了祕密

時間

無聲無息
滿山溫柔的飄雪

一夕白頭
也是美好的
風景

千百顆眼淚

誰說
窮苦的菲人
肚子裡
沒有東西

他們
不是每天都吞下
千百顆
眼淚？

鑽石戒指

鑽石戒指
套不住
情和愛

初戀
這一枚精光四射的
戒指，卻牢牢
套著今生的
記憶，套著
心

燈塔．木舟．海

老人是
遼闊的大海
心中
映照著白雲的變幻
無常

老人是
沙灘上孤獨的
木舟。不再乘風
破浪，與大海
搏鬥

老人是
岸邊的燈塔
愈黑暗愈光芒
四射

彩虹小籠包

——週日，與一樂兄相聚，共享「八色小籠包」。有感。

端來
一盤八色的

小籠包子。和平
赫然在目

沒有戰爭
各民族和平共處
竟是如此
如此美麗
的
彩虹

笑聲不斷

——週日，與一樂兄喝咖啡。有感。

一杯咖啡
笑古笑今
笑天下

不必繼杯了
品嚐過人生的
原汁原味
就好。笑聲
不斷
就好

香插

其一

「香插
讓時間有了形狀」
妳說

遠方的人啊
是否知道
月光，讓思念
有了蒼白的顏色

其二

「香插
讓時間有了形狀」
妳說

遠方的人啊
是否知道
思念，讓月光
有了哀愁

近視

忘記帶眼鏡　你載上憂傷
看清了人間的汙穢。也看見
樹梢上明媚的陽光

失題八行

生命啊　一碗
香噴噴熱滾滾的
好吃的麵

未及回味
為我煮麵的
媽媽，卻已經
不在了
不在了

一剎那

詩選集
是芬芳美麗的

春天
讓百花
盛開了

唯獨
曇花
不與春天掛鈎
它不在白天開花
僅在夜裡
悄然開了
一剎那

聽花

不是為了拋頭
露面　我美麗
幹麼？
一朵小紅花笑道

另一朵
大黃花　卻說
我用馨香與豔麗
大聲宣告
春在
人間

當下

——讀聖嚴法師「生與死的尊嚴」有感。

你是活了數十年的
老樹。透徹
瞭解生存和死亡
之不可分割
不再為枯葉的離去
悲苦

只是
盡力使眼前
每一片葉子都
青翠
鮮綠

饑腸

許多人
半夜被轆轆聲
吵醒

他們出手了
向大國

增購軍火
劍指

饑腸

向晚

向晚。天際增添了
智慧的美麗彩霞
大海，也以平常心
目送逐漸消失於
天地線之記憶的
船隻

落日笑了。以喜樂心
減卻自己紅豔豔的
光芒

時間之池

詩啊　一隻
掠過天池的

鷹。想在水中
留下飛翔的
雄姿

卻不知道
池水善忘。從不曾
留影

寫心

再孤獨些
空山，也就
鳥飛絕了

再寂寞些
連風聲
也沒有了

即使有萬徑
也不見
人蹤

濕地公園即景

樹上，一朵馨香的
小紅花，含羞道：
春風啊
為何喜歡人家
人家有許多
缺點喔

春風，在葉隙間
笑出聲來：
那就連妳的缺點
一起
嫁過來吧

花海

紅花
黃花
都努力於
吐露芬芳
不使世界
僅僅
只有
硝煙味

白雲朵朵

移居於遙遠的
銀河邊
她　常在蔚藍的
天空
布滿一簇簇的
思念

母親
我們都看見了
看見了

中秋七首

月到中秋

那一輪
皎潔的
思念　也就更圓
更亮了

中秋節

月亮與窗前的孤獨　互相
對望。把明月望成一張
笑臉　逐漸成為一顆碩大
的淚　欲滴未滴

中秋

眼神
不敢碰觸牆上
的照片

不敢碰觸
母親的關懷
與疼惜
不敢碰觸
母親
的

傷痛

再寫中秋

每年歡聚時
總是　笑古笑今

笑天下。笑它個
翻江倒海

笑聲
跟出席的人一樣
一年
比一年少

今日
中秋聚會
僅寥寥幾個
有人唏噓
沒人大笑

胸中的月亮

——中秋聚餐，有感。

「感到胸中
有一輪明月」
詩人說

什麼？
她怪叫

唉唉！
有了陰晴

圓缺
就有了好詩

竟然
翻出一對
白眼

月常滿

月餅的包裝上
赫然　三個紅字：
月常滿

輕輕撫摸
這三個字
眼中
竟然閃爍著
星光

中秋月

陰晴
圓缺
憂心的月亮
說法
已千萬年了

眾生
就是癡妄
不悟

痛哭的痛哭
大笑的大笑
連月亮自己　也
愁容
滿面

其實，你不懂雨

沒有哭泣，不是傾訴
衷曲。它只是虔誠祈禱
深願眾生共渡這美好也不
美好的旅程

雨，如有話說，也只有
一句：條條道路通長安
終點在我們心裡

畫風箏

不寫詩，只在
稿紙上畫了一隻
風箏。天蒼蒼，
野茫茫，哪裡是
孤單風箏的家？

哪裡是休憩的地方？
哪裡是媽媽來自的
故鄉？

浮雲

小孫子
突然問道：
什麼是浮雲？

豪宅是浮雲
汽車是浮雲
鈔票是浮雲
連詩名也是
浮雲

摸一摸鼻子
小孫子
掉頭就走

可人的笑

容光煥發
妳在山區留守童的
校園裡
與孩子們唱歌
玩樂

親愛，原來
妳心中藏著
比珠寶還要珍貴
的

善念

大詩人

被盜的詩句和意象　養大了
他的名氣。臨鏡時　卻照見
人格的侏儒

詩

讀了X光片
醫生說
你體內一片雲
霧

卻不知道
雲霧後
星子們若隱若
現

生日蛋糕

迅速
被切成八塊

瓜分了
吃光了
啊生日蛋糕
猶如
賄款

全被吞吃了

一塵不染

乾乾淨淨
連筆名亦叫
無塵

只是
心中飛揚著
塵念

人間事

學校倒塌
數十人死亡

不是大地震
不是核試。而是
威力強大
的

貪汙

鼓浪

明知不是帆
旗　仍要在空中
鼓浪
前進

星淚

遭恐襲
埃及清真寺
二百多人死於
非命

雖然
沒有菲人傷亡
千島之國的
夜空
也有點點的
星淚

風花雪月

心如風
沒有一刻停止
在肺葉間
誦經

心如花
明知道即將凋零
也要盛開美豔
妝點世界

心如雪
紛飛於峰頂
一夕白頭
也是好景致

心如月
以陰晴圓缺
向你
說法

宇宙

迷失於宇宙
你從夢中往外
或會看到自己的睡姿
並聽見自己在輕喚著
她的名字

是夢中人較為孤獨
抑是夢外者更加
寂寞？

記憶的墓園

之一

園中
埋葬著一段不為人知的
情

彷彿聞到淡淡的
馨香。啊墓碑是妳
留下的一方素帕

之二

青春　戀愛
情人的眼淚
喚醒生命之美好的
初吻
都埋葬了

墓草說
從來沒人破棺
而出

人間燈火

機上俯瞰萬家
燈火

始知每一盞
都是吾佛的
慈悲心

飛行於暮色中

乘坐客機
雲在下面飄飛

你渴望情愛
也提昇到這個
高度。渴望她
忘了桀驁不馴的
詩人，忘了相隔千山
萬水之苦，忘了陪詩人
逐漸老去的允諾

深願情愛提昇到這個
高度。妳不再為詩人
流淚

（有淚，自己流）

與你書

「雨水帶來黃昏
星空像死亡的愛情
我轉動經筒

只為縫合我們之間長久的
寂靜」
她拭淚

今晚，月光似一縷幽魂
輕聲說：
轉吧轉吧
今生未能縫合
還有來世

船舷

茫茫人海中
你滿足於
僅是浪濤中的
船舷

時不時
讓詩之鷗鳥飛來
棲息

「獅城遊」組詩

單程票

飛機餐　不好吃。從生到死
這趟旅行何止枯燥　好在有
冰淇淋三明治　還有空中
小姐的秀色。笑靨啊笑靨

4月28日下午
寫於飛行途中

人生餐廳

廚師出什麼，你就吃什麼
不得選擇。最多　善用酸甜
苦辣之調味料。宿命就是
如此。想回頭再吃　門也
沒有

人生餐宴

這餐宴　一個月前就要
預約。我們的人生餐宴
則預約於千年前　預約
共嚐酸甜苦辣　預約默默

相視　流下不捨之淚。再
預約另一個千年的餐宴

機場·四季

從一張笑臉　看到夏天的炎熱　春天色彩的繽紛。從一個背影　看到秋天的蕭條　和嚴冬的霜雪

2017年5月2日下午
寫於星洲樟宜機場

旭日

一彎新月　看不見
黑暗中的勾當。太陽
霍然張開眼睛

詩集出版了

書很輕
字　很重
因為
馱著歲月

問星空

躺在草地上
仰望夜空。每顆
燦星，都用耀眼的
光
說：感恩造物主
讓世界這麼美好

感恩造物主
讓我的筆寫我的
心。為我解疑，為我
釋懷

惟，一直想問：
誰是造物主的造物
主？

猜謎

詩　不同於
猜謎。並非只有
一個謎底

詩有多義
從一片落葉
看到秋天的肅殺
冬季的冰冷雪花
春節花卉的競豔
還有夏天
龜裂的大地

惟　詩人常常忘記
答案。連自己
也無法解釋
罷了

（請原諒有些詩人的善忘）

夜半寫詩

筆
寫不出一個字
卻笑道：
世情
比稿紙
薄

筆啊筆
稿紙雖薄
卻負載著千山
萬水

慈悲

都說你是
一座活火山

卻一直隱忍著腹中的
不平。不願爆發，不願
火熱的岩漿淹沒山村
淹沒牛羊和農田
更不願灰末覆蓋整個
大城市

捧著妳的臉

暈燈下
捧著妳的臉
仔細地看

憐惜地看
這朵
馨香美麗的曇花

趁天未亮
趁此生未老

閃爍的燈飾

今年　廣場上的聖誕樹
搭建得更高了。樹上眾多
閃爍的悲憫之眼，也將看到
更遠更黑暗的角落

春雨綿綿

燈下，執筆的人不在了
詩中，仍在洩露春雨的
行蹤

最後一別

轉身而去。妳說：從此
沒有念想。卻聽見雀鳥
啁啾道：淚眼婆娑，淚眼
婆娑

念佛

遠離苦惱。心中
什麼都沒有了　除了
她的那對淚眼汪汪

路燈偷笑

都說街上每次掉下牌匾
都會砸到詩人。路燈偷笑：
街上只有奔波的人呀

扯著童年

扯著風箏
在草地上飛奔

居然
把童年
連同父親的
笑聲
都扯回來了

雨夜思

用滿懷的真情
寫了一部
讓妳看一次
哭一次的
詩集

今晚
在暈燈下翻閱
每一個字　竟然
都是滾燙的淚珠
一滴一滴

滴在
心頭

花開的聲音

聽見過
花開的聲音嗎？

當槍聲響起
你就聽見了

當一朵美麗的
紅花
綻放於胸口時
你就聽見了

墓園裡

一塊墓碑啊
一首詩。夕陽
斜照在你的
墓碑上，映照出

一生尊嚴的光輝
燦爛

不在意
有沒有人欣賞
只寄望月光常來
閱讀，輕嘆：
好詩

凋零

落花
都依依不捨
只有一朵
小紅花
毫無眷戀地
隨流水蜿蜒而
去
它說：

上天
有更好的安排

釘子

真、善、美
全牢牢地釘在你的
心中。詩啊
不起眼的釘子

（當然，也有人將慾望
釘在那裡）

轉動經筒

今晚，你輕輕
轉動經筒。只為
明早荷葉上
沒有太多的
珠淚

一顆珠淚
多少念想？

不准開花

「不許開花
不許一下子
開得滿山
遍野」
老樹說

五彩繽紛的
花　繼續芳香著
美麗著。它們
才不理會
光禿禿老樹的
話

叮嚀叮嚀嚀

從商場外的擺設上
聽見歲月的跫音
也聽到聖誕老公公
駕駛鹿車的笑聲

親愛，妳眉笑眼笑
是否欣喜於鹿車上

滿載著一包包的
大愛

海灣

你的臂灣
僅只
讓美好的愛情
靠嗎？

望著海灣
海灣，何時
拒絕過
歷經驚濤駭浪的
大小船
之
停靠？

百年後

上山來探墓
你聽見　一陣

礫礫的笑聲
請勿驚慌
躺在裡面的人
就是喜歡
笑

笑人情比葉子薄
笑臉皮比鐵板厚
笑炊煙變成
硝煙

不悲不喜

輪迴了數十次
仍然在悲歡
苦樂中。一朵花
在飄零之前
無限感慨

卻聽見歲月的
輕訴：永不凋謝
也就感受不到
悲欣

輯三

歲月的化石

人間

恩恩愛愛
一粥一飯
山居了數十載
終於化作一股
煙

遠遠看去
山後一股炊煙
從濃而淡
從淡而化為
烏有

一張稿紙

把剩下的歲月
疊成稿紙

不寫悵愁
也不寫悲苦
只寫心中對人世
的

感動

失題

——老和尚天天面對「死」字。有感。

牆壁上
赫然　一個大大的
「死」字

照見五蘊皆空
沒有
眼。耳
鼻。舌
身。意

惟
心中仍有一個
妳

晶石

什麼是愛情？
什麼是永恆？

妳看。這晶石
歷經千萬年

仍在綻放光芒
美麗
無損壞

千歲憂

這支筆，不能碰
一碰，什麼千歲憂
萬古愁，全像滔滔的
江水
瀉了出來

一瀉千里。這殘局
如何
收拾？

無題

輕撫胸膛
她說：
牽著的腸
掛著的肚啊

照了X光
醫生笑道：
海闊　風平浪靜
天空　一片晴朗

歲月靜好

歲月啊　杯子裡的
茶葉。用心中的溫泉
和熱情　沖泡出馨香的
人生吧

苦雖苦　卻有回甘的
滋味　以及無窮的餘韻
親愛的　讓我們在月下
好好地品茗吧。莫蹉跎了
好茶

新年快樂

祝福是
絕壁上　綻開一朵紅色的

小花。溶解了整個雪季
連冰封的心河　也緩緩
流動起來了

星加坡著名詩人周粲點評：用這樣一首小詩來表達新年快樂這句祝福的話，別開生面；而詩句中的關鍵詞紅花、心河，顯得十分貼切。全詩雖短，意象繽紛，氣韻湧動，佳作也。

與詩戀愛

已經去遠了　青春轉個彎
就永遠不見了。詩啊　妳
仍然晨昏陪著我　守著憂鬱
守著憐憫　不離不棄　柔聲說：愛你

詩千首

記憶裡
有母親的呼喚
有她的柔情
你覺得非常
富有

筆下
詩千首
你卻愈寫愈感到
貧窮

玫瑰花

迎風搖曳
一朵玫瑰說
我要照亮整個世界

你笑了
盆栽裡的小花呀
我也說過這樣的話

立春

罵老天爺
不長眼睛
卻回以嘩啦嘩啦
的大笑

潤濕了龜裂的
土地　乾旱的
心靈。老樹說
有灰雲
就有希望

歲月的化石

靜坐時
發現
歲月已然成為
一塊化石
壓著心
榮辱不驚
無常
也不懼

只是，仍然為
愛
微微地跳動

品嚐無常

不是微醺
就是大醉
不是暗泣
就是放聲大
笑

踏入酒吧
等於步入記憶中
品嚐杯子裡
的

無常

一傘在手

喜歡
雨中散步

一生
歷經多少風雨
也只是濺濕了眼
瞼。心情依然

不沾
淚痕

落葉飄飄

飄下
一片黃葉
坐在樹下思考
的人
倏然起身
在大笑聲中
離去

葉子
洩露了天機

詩集

翻閱舊作　有如審查往事
該修改的地方甚多　只是
人生已付梓

大笑

小孫子問　阿公會游泳嗎？
忍不住大笑：浮沉了一生
你說我會不會游泳？

花展

來自全世界的
花　都在這裡爭豔
你卻喜歡
看隱藏於繁花錦簇之
背後的
綠葉

像一個哲人
那麼收斂
那麼謙虛
那麼深的修行

海邊

月光泡在水裡
詩意溢出堤岸

抄在稿紙上
海鷗，嘎嘎叫了兩聲

胸中的佳釀

只喝了幾杯
就覺得難過，
頭痛欲裂

親愛。想醉
就來醉我的詩吧
情意綿綿　不僅
不會讓妳難受
甚至感到飄飄欲仙
如在雲端

親愛。這胸中的佳釀
保證讓你欲罷不
能

淺笑

雷聲大
也聽不見

回眸一笑
卻聽見流水般潺潺
的

情意

核爆

震央位於一個人的憤懣之
心。千萬人傷亡，完成了
一場超級大地震

長與短

接機時
光陰比奔騰的江水
還長。送別時　比
迷你裙還短

想念

妳走了以後　被挑動的
心弦　逐漸地
化為摸不著的天地線

遠方的星子

你是
天際的一抹晚霞
逐漸消失時，就變成
一顆遠方的
星子。擁有宏偉的
遼闊，以及壯麗無比
的
浩瀚

爾今
你自在自得
並安於夜色之
悄然蒞臨

寺廟

這裡，滿是
眾生悲苦的聲音
和祈求

誰來傾聽佛菩薩
說不出口的
話

九陰真經

闖蕩江湖數十年。爾今
才知道有一部九陰真經
藏在詩中的刀光劍影間

紙鈔

很輕，即使堆疊成山也
壓不住蠢蠢欲動的歲月。歲
月從紙鈔裡伸出一隻手，緊
緊地扼住你的頸，直到不能
呼吸

靜海

沉默是
偶有波浪的靜海
有時候浮著，一些人
遺留下來的瓶瓶罐罐
浮著汙染的油漬

你多麼希望浮出
心底的真相，公理
和不平
多麼希望浮出媽媽的
笑
多麼希望
浮出醜陋人間
的

一切美好

悲憫

星空　無限大
詩人卻說：這方寸
比星空大

歲月不敢逼視

就算老了
也要老得從容
自在
即使臉上爬滿皺
紋
也要目光電閃
讓歲月
不敢逼視

心湖這樣說

MRT車上

安心地坐。年輕人
想閉上眼睛，就閉上吧
想伸腿，就儘量伸長一點

年紀大了，不想多言
惟我的站姿，已經對全世界
說了許許多多的話，同時
說明瞭一個老人心裡的酸楚

鄉愁

寄居於蕉風椰雨的
千島之國。過年時
鞭炮聲會喚醒沉重的
鄉愁

將來移居天外天
是否也有濃得化不開的
鄉愁？

花和樹

妒火
一燒
便成了今生
這個模樣

妳是一朵花
迎風搖曳於湖畔
我是一棵樹
長在路邊
看盡人間的
悲欣

伸出援手

半夜餓醒的人，愈來
愈多。他們出手了：給予
五千槍支，及無數的彈藥

看海

即開即滅　原來
每一朵浪花
都在那裡說法

周粲點評：讀和權的「看海」很明顯的，詩人是根據詩的創作手法中的移情作用來作為基礎寫成這首詩的。浪花在大海中時現時隱、時來時去、時出時沒，本來只是一種很自然的、近乎機械活動的現象，是詩人看了浪花之後，自己心裡有些看法，有些領悟，把這些看法，和領悟投射到浪花「身」上，這不是移情是什麼？這一來，浪花不但被詩人賦有了生命，而且不是一般平平凡凡的生命，而是有高智慧的生命如高僧或菩薩；因為只有他們才懂得說法，才深諳生命中成、住、壞、空恒久不變的道理。
另外一點，一般人看海就是看海，詩人卻偶然從一次看海中看到了佛法的真諦。其所以如此，莫非詩人心中有佛？

心如菩提花

一首詩啊，一個腳印
猶似唐僧之長途跋涉

無畏無懼。卻於昨晚
見到菩提花，見到含笑的
佛

註：菩提花，千年難得一見。

寺廟裡

見到佛陀嘴角掛著
似有似無的笑。有說是
慈悲的笑，有說是苦笑
有說是施捨的笑，也有說
那是訕笑

再抬頭細看。哦，只見到
佛陀嘴角掛著笑

想起MRT

紐約地鐵站有塊
招牌：請乘客留個座位
給孕婦、患病者和長者

你低下頭。沒來由
想起
菲律賓的MRT
星加坡的MRT
以及九廣鐵路
突然感到臉上一陣
熱。

你把頭
垂得更低更低了

憐惜

喀嚓喀嚓
美麗的花朵
慘叫
一聲

俯在她的耳邊
你柔聲說
花朵，是生來
憐惜的
不是生來
喀嚓的

高爾夫球場

談房車，談飛漲的地價
也談小三。見枯葉飄墜
他突然沉默下來，也許
想到了什麼不愉快的事

生死界

來到醫院的生死界。仿如
坐在樹下，看見一枚黃葉
飄墜，你倏然站起，大踏步
離去，因為葉子洩露了天機

沙雕人生

明知
翻滾的波浪
遲早湧上來沖掉
沙雕。仍要
逸興遄飛

認真地
雕出一座宏偉壯觀
的

城堡

靜默

靜默
盛著
芬芳的香檳

而你
微微醉著平和的
心
也醉著苦難釀成的
美好人生

什麼是幸福

一屋子的家常話，幾個
溫馨的眼神，還有風雨之

夜，妳依偎在懷。這些都是
想帶走又帶不走的幸福

吃素了

——給遠方的人。

了卻多年心願。不聞
血腥味，只聞菜根香
看到稻田、陽光以及
綠水青山。亦見到吾
佛

元宵節

紅。黃
藍。青
燈亮了
唐人街
亮著各種顏色的
祝福

也亮著思念

兩岸看見了
全世界看見了
連住在銀河邊的
母親
也看見了

心裡是酸楚
抑是
喜悅？

馨香的花

看遍了各國參展的花卉
沒有一朵，比媽媽心中
的幸福之花更美豔，它是
用淚水灌溉的

枴杖

——憶公公。

歷經風風雨雨，從不
用傘。臨老了，無風
也無雨，卻天天用傘

動物園

來到動物園
小孫子喜孜孜
望著各種各樣的
珍禽
異獸

皺著眉頭
你輕嘆：
但願　他
永遠不會看到
沒有牙的象
沒有爪的老虎
沒有掌的熊
以及沒有皮的
鱷魚

獨弦琴

未曾傾訴衷曲，因為沒有
耳朵。這顆心啊
一根啞默的天地線

詩意

下著雨　撐著傘
小情人　走在記憶的長巷
即使今天無詩　也有了
詩意

炙陽下

走在人群中　仿如走在
荒涼的大漠　偌大的寂寞
伴著孤影　唯相信
綠洲　就在附近

心的景色

詩文後面　無不跳動著一顆
心。眼力好　即會透過文字
看到晚霞千丈　偶也會看到
美好的人間天堂

拍岸

浪濤
欣喜於捲起
千堆雪

沒想到
下場是變成
泡沫

疑是銀河落九天

「這千丈飛瀑
多麼宏偉壯觀啊」
她說

親愛。妳見到的是
胸中
詩三千映照出來
的
景象

首飾

戴什麼
才能襯出
優雅高貴的氣質

親愛的
戴上
光芒四射的

慈悲

影子

假如影子
是跟著妳的
幸福　那麼
我一直是妳前面的
光

燦爛

都說人生是
苦海

落日
輕輕鋪上一層
憐憫
也就變得十分美麗
耀眼了

大瀑布

為什麼
流淚不停？

山啊
外面的殺戮
與你何干？

雪飄萬里

立春了
緣何，依然雪飄
萬里？

冰封的天地
肅殺的景氣
無不在等候幾聲
鳥鳴
來溶解比月光還厚的
雪

立春了
鳥鳴，何時
何時才能聞到？

人生四行

沿路的美景盡收
眼底。悠悠閒閒
無須超越任何一顆
野心

嘿嘿笑

都說詩集少人買，那是
用來裝飾的，襯托主人的
書卷氣。是故，偶爾翻閱時
總會依稀聽見詩人的嘿嘿笑

養在詩中

情愛啊，人海中的
遊魚。有的被釣走，有的
遭大吃小。只好，養在詩中

傍晚

客機降落前　地面上
千家萬戶　亮著溫馨的
情

一張紙

一顆心啊
一張紙。用詩
畫一顆皎潔的
明月。讓紙張變成
無限大
的

宇宙

詩

一朵花
溶解了千山的
暮雪

人生十行

享受人生
猶如一杯黑咖啡
即使不再溫馨

依然苦澀
帶勁

不加糖
自有不加糖的
樂趣。而夜裡喝
愈喝愈
清醒

生命的深淵

在眠夢中　驚醒
赫然見到：一張稿紙
許許多多無底的深淵

今生

白雲　用悠閒
告訴你　天下無大事
又用雷聲隆隆　告訴你
大不了痛哭一場

漣漪

回首一笑
猶如投過來一塊
小石頭。撲通一聲
在心湖中盪開了
漣漪

一圈一圈
盪了三生
三世

月光的呻吟

她一遍又一遍呼喊
你的名字　一條奔流的
江河　負載著凋零的美好
時光　流向宇宙的深處

蒼天

用恆久的沉默
和包容　重複的
說：愛妳。大地聽懂了
嗎？

財神爺

大庇天下寒士。卻有心
無力。大財神，笑呵呵
卻沒人知道，肚子裡
全是吞進去的淚水

三行

沒有翻飛的蝴蝶。如果
你的心依然大雪紛飛
掙不出一朵小紅花

寫給詩。寫給心上人

溶化的詩

照進窗來
月光
似在讀著你
剛寫的情
詩

讀著讀著
這首詩
竟溶化起來了
逐漸
溶入時間中
成為天長
地久

寫露珠

荷葉上
凝聚了
夜裡的思念

天剛亮
就消失不見了

化為
一首詩

四行

用新筆
寫了一首詩

沒有新意
滿紙的憐憫

無題四行

雨夜。半醒半睡間
彷彿聽見移居銀河邊
母親底輕喚。用心聽
卻是細微的經聲佛號

千年的孤寂

百年後。或者
三百年之後，誰
還記得
你的詩。她說
除了我之外
誰記得？

親愛。今天
寫出好心情就好
寫出美感就好
寫出千年的孤寂
就好

獨白

眾星閃爍。孤單的月亮
輕嘆：我忙於派送光明
無暇炫耀

不只是空氣品質

呼吸的是汙染，滿城烏煙
瘴氣。見面時，卻互道早
安。

早安。早安。早安

答雨問

你是什麼？
夜雨問

不過是
一首詩罷了
花了數十年的
時光，仍在閱讀
仍在咀嚼
只是愈讀愈不懂
自己

歉疚

對筆
感到抱歉

深夜了
還讓它
在稿紙上耕耘
信以為終將長出
美、善、真
長出黎明
長出飛昇的旭日

弄得它
精疲力竭

飄雪

飄雪嗎？
千島之國

親愛。這裡
只有溫暖的陽光
椰雨，蕉風

和熱烘烘的
心。要不要
帶來陪在身邊
讓妳親自感
受

椰樹的情詩

椰樹
一揮而就
在海面上寫下
金句。朝陽深受
感動，醉紅了一張
臉

我是椰樹
妳是美麗的朝陽

耀眼的光芒

誰說
人間是黑暗的

看！
導彈
耀眼的光芒
每天都照見各地的
饑荒

懶得理你

人寫歷史　真相
從不動筆　只是
坐在哪裡　呵呵笑

水

冰也好　熱也好
世界啊　請不要渾濁
我的心

花

紙花
請插在書案上的
瓶子裡
不准插在稿紙的
原野

原野上
所有的奼紫
嫣紅　都是
用來照亮
世界的

輯四

橫躺成琴

春之截句

橫躺成琴

滔滔不絕。江水不及燈下
這支獨弦琴。什麼都不說
全放在心裡

我都聽見了

春花燦爛

情詩啊，　一台顯微鏡，放大
千倍，　可以看到人間之
至美。　親愛的，請接受
我的詩吧

踏青偶感

順著溪流走。九彎十八拐
比不上詩中的曲徑。遑論人
的心腸了

毛毛蟲

林中，滿是乍露的春光
毛毛蟲不是不動心
而是不舉

舉不起一片春光

嵐山

遍地落紅
見證了春風十
里

飄雪

假如
人情是夜裡
紛飛的雪花
那麼，詩是
什麼？

請俯耳過來

詩是
紅泥小火爐

飛雪四行

埋在黑暗中　埋在森冷的
雪地下。一片生機，悄悄地
孕育

親愛的。心中哪有絕境？

夜雨誦經

整夜
都在傾聽
經聲佛號

就是去除不了
無明
和心中的
牽掛

給妳

詩啊
尼壞壞。深夜了
還不讓人睡覺

經典詩

月光　在湖面上寫情詩
柳樹讚嘆道：好美　上乘
之作啊。一陣風大笑：時間說了算

一抹夕陽說

人生是苦難　掛念也是
惟　沒有日夜思念的磨
難　生命就如同霜雪
沒有奼紫嫣紅的繽紛

傷痕

天地線啊　一條歷史的
傷痕。歲月的海水淘洗了
千年　也洗不掉

蕈菇雲

閃電問：
那是什麼東東？

迅雷答：
用來榮耀造物主的

尺

將心中的尺，寫成了
詩。卻至今，量不出人性
貪婪之廣度，及人間苦難
的深度

憂思

憂思如鎚
把悲傷的釘子
深深釘入
心中。即使
挖出來了
仍留下明顯
的

傷痕

手術

——走經醫院有感。

剖開後
操刀的醫生
發現
長在裡面的
是一些奇岩怪
石

這些思念
時不時教人

捂著胸口
叫

痛

（但是取掉了思念，你還活著幹麼？）

夜半夢迴

年少時　盈眶的　是情愛
中年時　盈眶的　是往事
年老時　盈眶的　是憐憫

發現

子彈　炮彈
導彈　核彈
全發自一張張正義之
口

心湖

近看是湖
映現著白雲
藍天。鳥瞰是
一滴淚

夢中的江南

妳是河畔
簡樸的房舍。將愛
化成典雅的蓮
化成翠綠的荷葉
滿心的期待，化成
一座石拱的
小橋

今晚，乘著詩的
烏蓬船。我輕輕
輕輕搖入
妳的
夢中

霞光萬道

堅持不下山
落日說：心境
十分燦爛
天際
也將霞光
萬道

我急著下山
幹麼？

落花說

順著溪水　順著時間流去
轉個彎　就到了歡樂的
童年。再轉個彎　就是
暮年了

相信再轉幾個彎　就抵達
永恆的桃花源。摯愛的人
都等在那裡

相看兩不厭

這綿延的青山
平靜無波的江水
似曾見過。不是
童年的畫作，就是
夢中的情景，或者是
一直想去隱居的
好山好水了

要不然
嵐山，怎會常在詩中
若隱
若現

不枉此生

無畏無懼
夕陽下
踽踽獨行於崎嶇
的山路
只為運送憐憫
和關愛
給深山的
留守童

這樣善良
美麗的奇女子
我見過
不枉此生

不問結果

黃鶯歡叫道：
看！
開得滿山遍野的
花
不知結的是
什麼果啊

潺潺流水
笑道：
能夠盛開美麗
那就儘量盛開吧
別問
結果

空空空

——觀自在菩薩，行深般若波羅蜜多時，照見五蘊皆空。

小雨
唸了一夜的經
依然不得安寧
伏在屋頂上輕聲
哭泣

青燈下
木魚敲了一夜
依然敲不碎滿心的
煩躁

什麼是空？
空是什麼？
一陣寒風呼嘯道：
空裡
有哭笑

註：聖嚴法師說「空裡有哭笑」。

闊佬炒飯

尋覓了許久
才在炒飯裡
找到兩粒小小的
干貝。這就是
闊佬炒飯了

原來，你也是
闊佬炒飯
寫了那麼一點東西
就叫做
大詩人了

詩外：嘲笑自己「有錯」嗎？

思念是長線

飛得更高　風箏
望向歲月的盡頭　搜尋
夢中人

風中的老樹

老樹，愈活
愈回去了。看天
看地都不順眼，連
河邊的樹長滿綠葉
也被破口大罵

總是說：想當年——

老樹啊老樹
即使你不准這樣
不准那樣
溪水，仍是照流
蜂蝶，仍是照飛

老樹的煩惱

大小樹
在風中聊詩
老樹，聽得不耐煩
暗罵：
哪來那麼多
詩人

溪流
笑得水花四濺：
爾今，詩人比岸上的
卵石
還多呢

嘩然大笑

遠望　腰桿挺直
近看　有點彎曲

老樹說
天下英雄多是這樣的

浪濤
忍不住大
笑。忍不住
大笑不止

佛珠

「佛珠丟失了
我很難過」
妳說

佛珠是
善良，慈悲
情和愛串成的
它們仍在心中
何況，佛菩薩也在
心中

親愛的
什麼也沒有丟失

奇異的花朵

揮毫寫詩
天空
落下奇異的花朵
是以字裡行間
有股淡淡的
芳香

只有妳
知道
馨香來自合什
傷感的
心

風中的墓草

——給思念的人。

好久
沒有聽見
清塵出俗的
妳
柔聲地
叫阿和了

今夜，一輪
黃月之下
輕喚你名字的
惟有
搖曳於風中的
墓草

長夜漫漫

不要醇酒
不要
迷亂

親愛的。來一杯
黑咖啡吧
讓詩人更加
清醒

圓夢

為幫帝王圓夢
多少人血染江
山

歷史
濕漉漉
仍在滴血

家園

正義　乘著導彈來
冒煙的焦土　思考
戰火　怎麼煮熟和平

滴答滴答

老同學見面　互相注視
齊聲叫道：你　沒有變
壁鐘一邊笑　一邊滴答滴答地
走

憐愛小黃花

都說上帝造人
是為了榮耀
祂
風兒說

一朵馨香的
小黃花　笑道
是為了
疼惜人家的

夜雨漲秋池

夜雨
下個不停
秋池，早已漲滿了
悵愁

夢，濕了
心情，濕了
連詩
也濕漉漉

再下個千年吧
一舉淹沒了人間的
不平

花

大地
綻開了千萬隻
眼睛
四處尋找
春的蹤影

春啊春
你在哪裡？
你在哪裡？

啁啾鳥聲
給了答案

武俠詩十七首

大漠孤劍

仰天大笑是標誌。一站出來
落日就羞澀　名門正派大多
低首無言。不用比文比武了
比酒更好（我天下無敵）

判官筆

是生是死　全由吾人判決
不管閣下文藝武功多高
慈悲為懷或作惡多端　全
不考慮　本官縱橫天下
全憑利益行事也

最高境界

無招勝有招

何必花寶貴的時間
苦讀　勤練
只要精通
拍馬術　懂得抱
山寨之主的大腿
便可揚名立萬了
你說呢？

九陰白骨爪

——詩句被竊有感。

既然敢於伸拳踢腿　就不怕
腥風血雨。最怕的是　宵小
覬覦九陰真經　無恥偷盜。
連刻在心上的祕笈　也不保

神箭手

文才武功都不夠看　只憑
冷箭行走江湖。嗖嗖嗖！
在背後連發三箭　無不中
的。惟高人　連正眼都不
瞧一眼　視若無物

天鐵彎刀

是筆也是刀　專割賊人的
頭。文壇也好　武林也好
皆有偷詩盜竊祕笈者。唉
練刀多年　什麼時候才能
割下那個馬屁精大盜的人
頭？

獨孤劍

三兩劍　就刺殺了坎坷妳
一生的宿命。縱橫四海
宵小聞名喪膽　人稱獨孤劍
是也。　平生最恨阿諛奉承
惟閣下若稱吾人天下第一
亦無不可

君子劍

正氣凜然。佔山為王　兼且
筆花遠勝於劍花　可於瞬間
洞穿宵小之胸口。惟江湖上
竟有多名君子劍　真真假假
假假真真

暗算大俠

一輪新月　掛在樹梢。他坐
在樹下運功調息　心想：這
惡賊傷我不輕　以前學藝時
口稱師父　後來稱兄　再後
來就直接叫名了。唉！叛徒
滿口佛語　背後卻是張牙露
齒呀

好漢子

從不皺眉頭。刀山又怎樣
劍林又如何？照樣哈哈大
笑　來去自如。怕只怕妳
癡癡地望過來　眼中閃爍著星光

醉俠柔情

拒絕生鏽。一條鐵漢不怕
與生活決戰　無畏現實的
偷襲　雖歷經多次惡鬥　卻
依然柔情地守著妳　護著妳。
縱使歲月來侵蝕　也要為妳　拒絕生鏽

乾坤大挪移

猶記當年在六大門派之外
另創和合派。一套虛線神功
或轉易場景　或轉變情緒
變化多端　江湖好漢莫不甘拜下風。
無如　宵小偷學了乾坤大挪移　竟聲稱和合派是他所創　令人氣結

蛤蟆功

哇的一聲　一掌擊出。對
方　即刻飛出丈外　口吐
白沫——　近年這蛤蟆功聞
名天下　令人畏懼。連
多位名門正派之士　都在
偷學蛤蟆

江湖宵小

學詩不行　習武不精。卻
專門喜歡在茶樓口沫橫飛
指摘天下英雄的絕技。無
如　今日碰到丐幫幫主
飛出一掌　頓時滿嘴是血
成為名副其實的無齒

竹林一劍

封劍了。公開宣佈　今後
江湖上　沒有我這號人物
了。不過此山是我開　路
過竹林　仍須留下買路錢

內功高手

一運氣　雙腳便像生根的
大樹釘在地上　任誰也推
不動　就算請來天下第一
大力士　也無用。唯獨喚
來日思夜想的情人　往他
面前一站　高手便軟倒在地
了

大禮拜

伸長全身
以前額　雙手　雙膝
投向常是骯髒的
地面
這是修持　也是練功
顯示臣服於上師
臣服於偉大的造物主

你自問：
對於人間的殺戮
對於飢餓和病痛
對於地震和水患
對於燃燒了數千年的
宗教戰火
你會臣服嗎？
你會嗎？

註：據說，西域有一種「大禮拜」，可以鍛鍊股肉，積聚正能量，而你的禮拜對象會在修持結尾時化光，融入於你。這，比練什麼「九陰真經」好得多。

詩二十一首

寫給——
生我養我的千島之國

視野

站在五十三層樓之
頂端　瞭望
並自問：幾人具有這種
遼闊的視野？

夕陽下　仍是眾多掙扎於
痛苦之生命。島國的
遠景，只有幾片灰雲？

何曾有人站在高處　望見
失業與貧困。何曾有人真心
祈福，並伸出援手

登王城

侵略者　不見了
留下王城上
鏽蝕的古炮

遙指著
染血的夕陽

突然　下起雨來
這雨啊　這哭聲
仍是如此淒厲

唉唉！
不為家
也為國

註：西班牙佔領菲律賓三百年。

春筍

他們警告
大岷區警員切勿
出現於賭場附近

細雨綿綿
賭場卻跟春筍一樣
湧現了

何以
無人警告小民們
切勿
涉足賭場？

蒙眼的布條

矗立了
一座緊抓著圍巾
雙眼被布條蒙住的
菲少女之銅像
矗立於海灣畔

象徵不平
和慰安婦之渴求
正義

猶如天下所有受害者
之渴求正義。敢問上蒼
什麼時候才能解下
她臉上的布條？
什麼時候？

註：日昨舉行菲國內首座二戰「慰安婦」銅像之揭幕儀式，以紀念二戰中被日軍強征的約1000名「慰安慰」受害者。

哈露哈露人生

冰淇淋下面是冰涼而
多彩的哈露哈露。宛如
美好的人生：親情友情
和愛情

誰說人生悲苦。有了哈露
哈露　　就不怕烈日煎熬了

註：哈露哈露是千島之國聞名的冰點。

家有3000鞋

第一夫人
被判監禁42年

三千鞋
仍在開口笑

歲歲年年
笑不停

註：日昨，千島之國前第一夫人被判監禁四十二年。

堅強的民族

飢餓指數上升
非法爭奪小販生意者
及非法打工者
猶如洶湧的江水，一波波地
湧入。樂觀的民族，卻依然
歌照唱，舞照跳

不景氣歸不景氣
佳節臨近，商場仍是擺出
各種各樣的聖誕飾品，令人
感受到快樂的氣氛，和堅強
的意志

戰爭結束了

藍眼高鼻子的
軍人　走了
不走的
都化成了思鄉的
墳墓

留下了悲痛
留下歷史的傷疤
留下許多藍眼
高鼻子　而沒有國籍
的
孤兒

惶惶然
望著無語的蒼天

英雄

戰後
雙方都矗立起
英雄的
紀念碑

英雄與英雄之間
是無淚的慰安婦
是一張張
孤苦無依之孩童的
臉

馬麵第一家

跟父親來過
與誼母來過
約詩友垂明來這裡
吃過。今日
望著同樣的
一碗麵
除了身傍無人。連味道
也變了樣
變成

懷念的味道

千島之國

在槍砲聲中
打籃球
在喝罵聲中
統治國家
在教堂敲鐘
以及汽車鳴笛中
宣讀陣亡者
名單

也在吹響的
號角聲中
致敬

塔亞火山湖

至今未乾。有時平靜
偶爾　起點風浪

清澈的湖水　是苦難者之
淚水化成的　也是母親
流淌之淚

塔亞湖啊
我心裡的湖
永遠不會乾涸

孤兒院

來到孤兒院
看見散落一地的
悲情
你發現自我

步出孤兒院
望見行人的眼中
都在下雪
你發現世界

落日問

千島之國
慰安婦雕像
深夜遭人拆了

矗立於歷史的
雕像　也劫數
難逃嗎？

北山寒瀑布　之一

一哭
千年

人間的苦難
與你有關嗎？

北山寒瀑布　之二

傾聽飛瀉的瀑布　恰似
傾聽自己的心

嘩嘩嘩嘩——訴不盡的情
與愛　訴不盡的滄桑

翺翔

假如貧困是
暴風雨，那麼
千島之國的
民族性，即是展翼
飛翔的雄鷹

向你展示
什麼是不屈服
什麼是無畏
無懼

吾愛。請記住
詩人也是一隻不馴的
鷹

哭泣

「我為千島之國哭泣
當掠奪變成美德」
一位民族科學家說

「我為千島之國哭泣
當島國變成毒品天堂
賭博天堂。當綁架猖獗
失業大軍擴充——」
公園裡的黎剎銅像說

「我為千島之國哭泣
當岷灣的落日因汙染而
倍加豔紅。當海浪似笑
非笑的時候——」
詩人低聲吟誦

畫展

從不同的畫風中，看到千島
之國特有的民情。色彩雖
鮮豔，卻凸顯了菲人的純樸
與善良

從畫中，你看到了自己的
童年。感受到母親抱著小孩

的滿足。體會到一家人於
農忙時的幸福

生我養我的鄉土啊，詩人
屬於你。你也永遠是我心中
最最敬愛的慈母

註：千島之國「CARDINAL」醫院之走廊，有引人注目的「畫展」。賣畫的錢將用於幫助需要的病患。

願

活成一首詩
多義而耐人尋味

詩中和煦的陽光
遍照家園。溶溶的月光
撫慰了美麗的江山

活成一首詩
將人生的美、善、真
永銘於每一顆撞跳的心

妳晶瑩的淚
是我詩中繞樑的餘音

茉莉花

一個誓約　一朵馨香的
茉莉花。有多少愛的誓約
就有多少美麗的茉莉花
就有多少至死不渝的
愛情故事

茉莉花
何止象徵著忠於愛情
和友誼。敢問：除此
之外　　你也忠於自己的
祖國嗎？

你愛苦難中的家國嗎？

註：茉莉花（菲語「山巴義沓」）乃是菲律賓的國花。

【附錄】魚腸劍和權

中華漢詩聯盟　張衛強

讀過和權老師的不少作品。鋒利之處，吹毛斷髮，卻讓人無法察覺。而後的很長時間，你慢慢品味，才能發覺。讀和權老師的詩，高潮之處通常在作品的結尾。結尾往往出乎意料，但是很精彩，筆鋒一轉，讓你看到另一個世界。天堂還是地獄，只有你慢慢的體會了。我認為和權老師的詩如魚腸劍，短而精煉。

註：「魚腸劍」，是鑄劍大師歐冶子親手所鑄五大名劍中的二把小型寶劍之一。

和權寫作年表

一九六〇年代加入辛墾文藝社。努力於寫作及推動菲華詩運。

一九八〇年　詩作入選《中國情詩選》，常恩主編，青山出版社印行。

一九八五年　與林泉、月曲了、謝馨、吳天霽、珮瓊、陳默、蔡銘、白凌、王勇創立「千島詩社」。與林泉、月曲了掌編《千島詩刊》第一期至廿六期（共編二年半。不設「社長」位。和權負責組稿、審稿、撰寫「詩訊」、校對，以及對台、港、中、星、馬、美、加等地之詩刊的交流）。

一九八六年　擔任辛墾文藝社社長兼主編。

一九八六年　榮獲菲律賓王國棟文藝基金會「新詩獎」，評審委員：向明、辛鬱、趙天儀。

一九八六年　出版詩集《橘子的話》，非馬、向明、蕭蕭作序，台灣林白出版社刊行。

一九八六年　為菲華詩選《玫塊與坦克》組稿，並撰〈菲華詩壇現況〉。張香華主編，林白出版社刊行。

一九八六年　詩作〈橘子的話〉，收入台灣爾雅版向陽主編的《七十五年詩選》一書。張默評語：結構單純，引喻明確，文字淺顯，但是卻道出了海外華僑共同普遍的心聲。

一九八六年　應邀擔任學群青年詩文獎評審委員。

一九八七年　英文版《亞洲週刊》（*Asia Week*），介紹和權的《橘子的話》，並附和權照片。

一九八七年　加入台灣「創世紀詩社」。

一九八七年　脫離「千島詩社」。與林泉、一樂等創立「菲華現代詩研究會」。主編研究會《萬象詩刊》廿年（每月借聯合日報刊出整版詩創作、詩評論等。從不停刊）。

一九八七年　《橘子的話》詩集榮獲台灣華僑救國聯合總會華文著述獎「新詩首獎」，除頒獎章獎金外，並頒獎狀。評語：寫出華僑的心聲及對祖國與先人的懷念，清新簡潔感人至深。

一九八七年　詩作〈拍照〉收入《小詩選讀》，張默編，台灣爾雅出版社出版。張默說：「和權善於經營小詩。『拍照』一詩語句短小而厚實，敘事清晰而俐落……其中滿布以退為進，亦虛亦實，似真似假的情境……有人以『自然美、純淨美、精短美、親切美、暢曉美』（姚學禮語）來稱許他，亦頗貼切。」

一九八七年　台灣《時報週刊・七六九期》，刊出和權撰寫的〈獨行的旅人〉（作家談自己的書。我寫「你是否撫觸到衣襟上被親吻的痕跡」），並附和權照片。

一九八八年　與林泉、李怡樂（一樂）合著詩評集《論析現代詩》，香港銀河出版社刊行。同時編選《萬象詩選》。

一九八九年　二度蟬聯菲律賓王國棟文藝基金會「新詩獎」。評審委員：蓉子等。

一九八九年　獲菲華兒童文學研究會、林謝淑英文藝基金會童詩獎。

一九九〇年　大陸知名詩人柳易冰主編的詩選集《鄉愁——台灣與海外華人抒情詩選》（河北人民出版社），收入和權的詩〈紹興酒〉，又在大陸著名的《詩歌報》「詩帆高掛——海外華人抒情詩選萃」中介紹和權的生平與作品。

一九九一年　詩集《你是否撫觸到衣襟上被親吻的痕跡》出版，羅門作序，華曄出版社。

一九九一年　榮獲台灣僑務委員會獎狀。評語：華僑作家陳和權先生文采斐然，所作詩集反映時事對宣揚中華文化促進中菲文化交流貢獻良多特頒此狀以資表揚。並頒獎金。

一九九一年　詩評論〈迷人的光輝〉及〈試論羅門的週末旅途事件〉二篇，收入《門羅天下》（當代名家論羅門）一書，文史哲出版社。

一九九一年　小品文〈羅敏哥哥〉，收入台灣《中國時報・人間副刊》溫馨專欄精選暢銷書《愛的小故事》，焦桐主編，時報文化出版社。

一九九一年　獲中國全國新詩大賽「寶雞詩獎」。

一九九二年　詩集《落日藥丸》出版，菲律賓現代詩研究會出版發行，列入「萬象叢書之四」。

一九九二年　大陸著名詩評家李元洛評論文章〈千島之國的桔香——菲華詩人和權作品欣賞〉，收入李元洛著作《寫給繆斯的情書》，北岳文藝社出版發行。

一九九二年　詩作〈落日藥丸〉，選入香港《奇詩怪傳》，張詩劍主編，香港文學報社出版。

一九九二年　《落日藥丸》詩集，榮獲台灣「中興文藝獎」，除頒第十六屆中興文藝獎章（新詩獎）壹枚外，並頒獎金。

一九九三年　台灣文藝之窗「詩的小語」（張香華主持）於七月四日警察廣播電台介紹和權生平，並播出和權的詩多首：〈鞋〉、〈拍照〉、〈鈔票〉、〈我的女兒〉、〈彩筆與詩集〉。

一九九三年　榮獲菲律賓中正學院校友會「優秀校友獎」。

一九九三年　台灣《文訊》月刊，刊出女詩人張香華的文章〈珍禽——認識七年來的和權〉，並附和權照片。

一九九三年　童詩〈瀑布〉、〈我變成了一隻小貓〉、〈不公平的媽媽〉、〈螢火蟲〉四首，收入「世界華文兒童文學」（World Children Literature in Chinese）。中國太原，希望出版社刊行。

一九九三年　詩作〈潮濕的鐘聲〉，榮獲台灣「新陸小詩獎」。作家柏楊先生代為領獎。

一九九四年　詩作入選台灣《中國詩歌選》。

一九九四年　詩作多首入選南斯拉夫版《中國當代詩選》，張香華編。

一九九五年　詩作〈橘子的話〉，選入《新詩三百首》（一九一七～一九九五。集海內外新詩人二二四家，三三六首詩作於一書。大學現代詩課堂上採作教材）。張默、蕭蕭編，九歌出版社刊行。

一九九五年　於聯合日報以筆名「禾木」撰寫專欄「海闊天空」至今。

一九九五年　二度榮獲菲律賓中正學院校友會「優秀校友獎」。

一九九五年　詩作多首入選羅馬尼亞版《中國當代詩選》，張香華編。

一九九五年　大陸評論家陳賢茂、吳奕錡撰寫〈談和權〉，收入評述菲華文學的史書。

一九九六年　台灣《時報週刊・九五九期》，大篇幅刊出和權的詩〈除夕・煙花——給妻〉（選自詩集《落日藥丸》），附謝岳勳之彩色攝影，及模特兒蔡美優之演出。

一九九六年　應邀擔任菲華兒童文學學會主辦第一屆菲華兒童作文

比賽評審委員。獲贈感謝狀。

一九九七年　台灣《時報週刊・九八五期》，大篇幅刊出和權的詩《印泥》，附黃建昌之彩色攝影，及影星何如芸之演出。

一九九七年　五四文藝節文總於自由大廈舉辦慶祝晚會，多名女作家朗誦和權長詩〈狼毫今何在〉（朗誦者：黃珍玲、小華、范鳴英、九華等人）。

一九九七～一九九九年　應邀擔任菲律賓僑中學院總分校中小學生作文比賽之評審委員。獲贈感謝狀。

二〇〇〇年　《和權文集》出版，雲鶴主編，中國鷺江出版社出版發行。附錄邵德懷、李元洛、劉華、姚學禮、林泉、吳新宇、周柴評論文章。

二〇〇〇～二〇〇一年　再度應邀擔任菲律賓僑中學院總分校學生作文比賽之評審委員。獲贈感謝狀。

二〇〇六年　詩作〈葉子〉，收入台灣《情趣小詩選》，向明主編，聯經出版社刊行。

二〇〇八年　大陸評論家汪義生撰寫〈華夏文脈的尋根者——和權和他的《橘子的話》〉，收入他的評論集《走出王彬街》。

二〇一〇年　《創世紀詩雜誌・第一六二期》，刊出和權的詩創作〈從「象牙」到「掌中日月」十首〉，並刊出二〇〇九年十二月廿九日，攜一對子女訪台時，與創世紀老友多人在台北三軍軍官俱樂部雅集之照片。

二〇一〇年　台灣《文訊・二九二期》，刊出和權於二〇〇九年十二月三十一日，與多位創世紀詩社同仁拜訪文訊雜誌社（封德屏總編輯親自接待。大家一同參訪文訊資料中心書庫，並在現場留影）之照片。該期介紹和權生平及作品。

二〇一〇年　台灣《文訊‧二九四期》，刊出和權詩兩首〈砲彈與嘴巴〉及〈集郵〉。附彩色攝影照片，十分精美。

二〇一〇年　於聯合日報社會版「海闊天空」闢「詩之葉」，致力提昇詩量詩質，影響社會風氣。

二〇一〇年　台灣《文訊‧二九七期》再度刊出和權的詩二首〈咖啡〉與〈黑咖啡〉。附彩色攝影照片，至為精美。

二〇一〇年　詩集《我忍不住大笑》出版，楊宗翰主編，台灣秀威文化公司刊行（列入「菲律賓‧華文風」叢書之十）。

二〇一〇年　《和權詩文集》出版，陳瓊華主編，菲律賓王國棟文藝基金會刊行（列入叢書之十）。

二〇一〇年　九月，詩作〈熱水瓶〉收錄南一書局出版之中學國文輔助教材《基測綜合題本》。

二〇一〇年　詩集《隱約的鳥聲》出版，楊宗翰主編，台灣秀威資訊科技股份有限公司製作發行（列入「菲律賓‧華文風」叢書之十九）。該書剛出版，國立台灣大學圖書館即購一冊。記錄號碼：B3723139。

二〇一〇年　〈獨飲〉一詩刊於《文訊》。附彩色攝影照片，很是精美。

二〇一一年　詩作多首譯成韓文，刊於韓國重量級詩刊。

二〇一一年　詩二首〈筵席上〉與〈礁〉，收入蕭蕭主編之《二〇一〇年台灣詩選》，亦即《年度詩選》一書。

二〇一一年　詩作〈橘子的話〉收入《漢語新詩鑒賞》，傅天虹主編。

二〇一一年　〈大地震之後〉一詩刊《文訊》。附彩色攝影照片，極為精美。

二〇一一年　詩作〈鐘〉又被台灣康熹文化（專門製作教科書、參考書的出版社）選入教材，亦即用於《高分策略——國文》。

二〇一一年　中、英、菲三語詩集《眼中的燈》出版，菲律賓華裔青年聯合會刊行。

二〇一二年　詩集《回音是詩》出版，楊宗翰主編，台灣秀威資訊科技股份有限公司製作發行（列入「菲律賓・華文風」叢書之廿一）。

二〇一二年　獲菲律賓作家聯盟（UMPIL）頒詩聖描轆沓斯文學獎GAWAD RAMBANSANG ALAGAD NI BALAGTAS，該獎為菲國最高文學獎，亦為「終身成就獎」。

二〇一二年　三語詩集《眼中的燈》之菲譯版（由施華謹先生翻譯），在年度甄選的最佳國家圖書獎（National Book Awards）中入圍，該獎是菲國榮譽最高的圖書獎每年被提名的由各主要出版社出版的優秀書籍多達幾百本，能夠入圍的卻僅有數本。

二〇一二年　三語詩集《眼中的燈》除在菲國兩家主要書店National Book Store和Power Books，上架出售外，也在菲國數間大學被當作翻譯課本使用。

二〇一二年　詩評集《華文現代詩鑑賞》，與林泉、李怡樂合著出版，台灣秀威資訊科技股份有限公司製作發行，列入新銳文叢之十九。

二〇一二年　受聘為菲律賓「第一屆亞洲華文青年文藝營」之顧問。

二〇一三年　馬尼拉計順市華校，擇取和權詩作〈殘障三題〉等，訓練學生朗讀。

二〇一三年　二月十六日，華校學生在此間愛心基金會朗讀和權的作品〈樹根與鮮鮑〉、〈和平之城〉、〈殘障三題〉。

二〇一三年　台灣某校高二課程有現代詩，侯建州老師把和權的作品拿出來分享討論。

二〇一四年　詩集《震落月色》出版，台灣秀威資訊科技股份有限公司製作發行，列入秀詩人01。

二〇一四年　和權的詩五篇〈漂鳥〉、〈在畫廊〉、〈住址〉、〈即景〉、〈一尾詩〉選入聯合新聞網udn閱讀藝文〈獨立作家詩選〉——選自《震落月色》詩集。

二〇一四年　和權詩集《我忍不住大笑》、《隱約的鳥聲》、《回音是詩》、《震落月色》、《眼中的燈》（三語詩集）、《華文現代詩鑑賞》等著作，入藏北京「中國現代文學館」。

二〇一四年　詩集《霞光萬丈》出版，台灣秀威資訊科技股份有限公司製作發行，列入秀詩人03。

二〇一四年　和權的詩〈金錢草〉選入台灣名詩人張默傾力編成的第三部小詩選《小詩・隨身帖》。

二〇一四年　十月，《創世紀》創刊一甲子，《文訊雜誌》特別展出創世紀一八〇期詩刊封面，以及四十七位創世紀同仁風格獨具的詩手稿。和權的小詩手稿〈殘障三題〉，與他的照片和簡介一同展出。（地點：台北市紀州庵文學森林。日期：十月九日至十月廿六日）

二〇一五年　詩集「悲憫千丈」出版，台灣秀威資訊科技股份有限公司製作發行，列為讀詩人64。

二〇一五年　中國劇作家協會文學部主辦「華語詩人」大展（八五），推出和權（菲律賓）詩作二十二首。

二〇一六年　「唯美詩歌學會」推薦唯美菲籍華裔著名詩人和權詩作八首（附輕音樂）

二〇一六年　東南亞華語詩人作品選《三》，推薦和權詩作〈橘子的話〉、〈找不到花〉。

二〇一六年　台灣畢仙蓉老師朗讀和權詩作八首。字正腔圓且充滿感情的朗誦，令人一而再聆聽。

二〇一六年　中國萬象文化傳媒詩人，推薦和權的詩十二首。

二〇一六年　榮獲中國八仙詩社擂台賽「一等獎」，亦即第一名（全國各地三十多位知名詩人參賽）。

二〇一六年　台灣這一代詩歌社與資深青商總會合辦「吟遊台灣詩詞大賞」活動。榮獲詩獎。

二〇一六年　台灣2016年度詩選《給蠶》，收入和權的詩4首〈畫夢〉、〈撐開的傘〉、〈一張照片〉、〈一抹彩霞〉。

二〇一七年　應邀為中國丐幫「華韻杯」詩賽評委。

二〇一七年　應聘為「中華漢詩聯盟」顧問。

二〇一七年　中國《蓼城詩刊》第18期，短詩聯盟推薦和權的詩八首，亦即〈新年八首〉。

二〇一七年　「中華漢詩聯盟」多次為和權製作個人專輯，刊出詩多首。

二〇一七年　台灣《給蠶：新詩報2016年度詩選》，收入和權的詩四首：1.畫夢、2.撐開的傘、3.一張照片、4.一抹彩霞。

二〇一七年　中國周末詩會337期，刊出和權的詩多首。

二〇一七年　中國《詩歌經典2017》出版（經銷：全國新華書店）。收入和權的詩2首〈小喝幾杯〉、〈勁竹〉。附詩人簡歷及觀點。

二〇一七～二〇一八年　《中華漢詩聯盟》、《長衫詩人》、《短詩原創聯盟》等，多次刊發〈和權小詩專輯〉，搏得讚譽。

二〇一七年　《台灣詩學截句選300首》，收入和權的詩4首〈弦外之音〉、〈情愛〉、〈紅泥小火爐〉、〈失戀〉。

二〇一八年　《中國情詩精選》多次刊發、朗誦和權的詩（點擊率過千）。好評如潮。

二〇一八年　中國《短詩原創聯盟》舉辦「和權盃小詩大賽」。參賽者眾。圓滿成功。

二〇一八年　《中國詩歌經典2018年》（經銷：全國新華書店），收入和權的詩3首〈獨弦琴〉、〈西楚霸王〉、〈舉杯邀明月〉。附詩人簡歷及觀點。

二〇一八年　和權情詩八首〈藍色月光石〉、〈拭淚〉、〈星光藍寶石〉等，選入台灣《這一代的文學——每日一星佳作選集》。

二〇一八年　和權情詩十二首〈雨中漫舞〉、〈漂泊者返家了〉等，選入台灣《這一代的文學——每日一星佳作選集》。

二〇一八年　《中國情詩精選》第0358期刊發、朗誦和權的詩十首，同時刊發於廣東《觸電新聞》（面對大海朗讀），一萬八千人閱讀。

二〇一九年　台灣《魚跳：2018臉書截句選300首》，選入和權的詩四詩：〈月兒彎彎〉、〈養在詩中〉、〈泡影說法〉、〈火柴〉。

二〇一九年　和權詩七首〈中國神韻之風製作〉，點擊率過六萬。

二〇一九年　中國實力詩人《中國詩人總社檔案》2019（Chinese Power Poet Archive 2019），收入和權的詩〈讀你〉、〈願〉。排在前百名之內第44號。（安排於全國新華書店出售）

二〇一九年　中國《華語詩壇》刊發〈陳和權專輯〉。閱讀量：4.9萬。

讀詩人124　PG2219

巴山夜雨・每一滴都落在詩中
——和權詩集

作　　者　和　權
責任編輯　林昕平
圖文排版　林宛榆
封面設計　蔡瑋筠

出版策劃　釀出版
製作發行　秀威資訊科技股份有限公司
114 台北市內湖區瑞光路76巷65號1樓
電話：+886-2-2796-3638　傳真：+886-2-2796-1377
服務信箱：service@showwe.com.tw
http://www.showwe.com.tw
郵政劃撥　19563868　戶名：秀威資訊科技股份有限公司
展售門市　國家書店【松江門市】
104 台北市中山區松江路209號1樓
電話：+886-2-2518-0207　傳真：+886-2-2518-0778
網路訂購　秀威網路書店：https://store.showwe.tw
國家網路書店：https://www.govbooks.com.tw
法律顧問　毛國樑　律師
總 經 銷　聯合發行股份有限公司
231新北市新店區寶橋路235巷6弄6號4F
電話：+886-2-2917-8022　傳真：+886-2-2915-6275

出版日期　2019年10月　BOD一版
定　　價　280元

版權所有・翻印必究（本書如有缺頁、破損或裝訂錯誤，請寄回更換）
Copyright © 2019 by Showwe Information Co., Ltd.
All Rights Reserved

Printed in Taiwan

國家圖書館出版品預行編目

巴山夜雨・每一滴都落在詩中：和權詩集 / 和權著. -- 一版. -- 臺北市：醸出版, 2019.10

面；　公分

BOD版

ISBN 978-986-445-347-4(平裝)

868.651　　108011495

讀者回函卡

感謝您購買本書，為提升服務品質，請填妥以下資料，將讀者回函卡直接寄回或傳真本公司，收到您的寶貴意見後，我們會收藏記錄及檢討，謝謝！

如您需要了解本公司最新出版書目、購書優惠或企劃活動，歡迎您上網查詢或下載相關資料：http:// www.showwe.com.tw

您購買的書名：________________________________

出生日期：________年________月________日

學歷：□高中（含）以下　□大專　□研究所（含）以上

職業：□製造業　□金融業　□資訊業　□軍警　□傳播業　□自由業

□服務業　□公務員　□教職　□學生　□家管　□其它______

購書地點：□網路書店　□實體書店　□書展　□郵購　□贈閱　□其他

您從何得知本書的消息？

□網路書店　□實體書店　□網路搜尋　□電子報　□書訊　□雜誌

□傳播媒體　□親友推薦　□網站推薦　□部落格　□其他__________

您對本書的評價：（請填代號　1.非常滿意　2.滿意　3.尚可　4.再改進）

封面設計____　版面編排____　內容____　文／譯筆____　價格____

讀完書後您覺得：

□很有收穫　□有收穫　□收穫不多　□沒收穫

對我們的建議：________________________________

____

____

____

請貼
郵票

11466
台北市內湖區瑞光路 76 巷 65 號 1 樓
秀威資訊科技股份有限公司 收
BOD 數位出版事業部

（請沿線對折寄回，謝謝！）

姓　名：＿＿＿＿＿＿＿＿ 年齡：＿＿＿＿ 性別：□女　□男

郵遞區號：□□□□□

地　址：＿＿＿＿＿＿＿＿＿＿＿＿＿＿＿＿

聯絡電話：（日）＿＿＿＿＿＿＿＿（夜）＿＿＿＿＿＿＿＿

E-mail：＿＿＿＿＿＿＿＿＿＿＿＿＿＿＿＿